개화의 조건

포엠하우스 20집
포엠하우스 8인의 신작시집

개화의 조건

초판인쇄 | 2022년 11월 25일
초판발행 | 2022년 11월 30일

지 은 이 | 초대시 : 김 참
        | 동인시 : 이병관 송미선 김미정 장정희 양민주 김미희 이복희 최병철
발   행 | 포엠하우스 양민주
펴 낸 곳 | 도서출판 작가마을
등   록 | 2002년 8월 29일 제 2002-000012호
주   소 | 부산광역시 중구 대청로 141번길 15-1 대륙빌딩 301호
        T. 051)248-4145, 2598   F. 051)248-0723   E. seepoet@hanmail.net

ISBN 979-11-5606-207-3   03810   정가 10,000원

개화의 조건

포엠하우스 20집

도서출판
작가마을

김해시詩단

포엠하우스 20집 출간

겨울을 스무 번 보냈다는 의미다

유幼의 나이를 지나

약弱의 나이가 되었다

장壯의 나이를 향해서

겨울을 또 맞이해야 한다

동인들이 겨울이 오는

길목에 서서, 시리고

파란 하늘을 쳐다본다

– 포엠하우스 동인 일동

포앰하우스 20집
개화의 조건

• 차례

2022

포엠하우스 20집

개화의 조건

- 1995년 《문학사상》 등단
- 시집 『시간이 멈추자 나는 날았다』 『미로여
  행』 『그림자들』 『빵집을 비추는 볼록거울』
  『그녀는 내 그림 속에서 그녀의 그림을 그려
  요』 『초록 거미』
- 지리산문학상, 사이펀문학상 수상

김
찬

poem house

검은 개들

레코드 가게 앞에 검은 개들이 엎드려 있다. 스피커에서 흘러나오는 음악을 듣고 있다. 길 건너에서 나타난 녹색 원피스 여인이 개 한 마리를 데리고 돌아간다. 주인 없는 개들만 남아서 음악을 듣는다. 차들은 모두 어디에 있는지 도로는 텅 비어 있다. 모래바람이 불고 도로 곳곳에 기이한 풀이 무성한 이곳은 아무래도 다른 이의 꿈속 같다. 도로 저편에서 버스 한 대가 다가온다. 버스에서 내린 검은 옷의 여인들이 케이스에서 낡은 악기를 꺼내 연주를 시작한다. 자장가 같다. 음악 듣던 개들이 스르르 잠든다. 골목 뒤에서 녹색 제복 군견병 몇이 나타나 잠든 개들을 깨운다. 검은 개들을 데리고 돌아간다.

배추밭이 있는 마당

눈 뜨니 군용트럭 안이다. 녹색 제복 군인들이 잠든 나를 트럭에 태웠나 보다. 트럭은 작은 마을과 긴 들판 지나 울퉁불퉁 비포장도로를 달리다 가만히 멈춘다. 녹색 제복 군인들이 낯선 집으로 나를 데려간다. 큰 삼나무들 줄지어 선 지붕 높은 집. 초록빛 배추밭 앞에서 푸른 눈 여인이 녹색 제복 군인들과 내가 모르는 이상한 나라의 말을 주고받는 동안 초록 담쟁이 돌담에서 녹색 구렁이가 기어 나와 연둣빛 배추를 뜯어 먹는다. 옥상에서 빨래 걷던 늙은 여인이 녹색 제복 군인들과 푸른 눈의 여인을 내려다본다. 배추를 뜯어 먹는 녹색 구렁이를 내려다본다. 멍하니 서 있는 나를 내려다본다. 누구의 꿈인지 알 수 없는 이 긴 여행은 좀처럼 끝날 것 같지 않다.

질주

배추밭 옆 공터에서 맨손체조 하고 있는데 녹색 폭격기가 굉음을 울리며 지나간다. 이상하네. 저건 칠십 년 전에나 있었을 법한 폭격기인데. 고개 갸웃거리다가 수돗가 놋쇠 대야에 물을 받는데 뒷산을 넘던 폭격기가 갑자기 펑 터져버린다. 달팽이관을 흔드는 굉음이 누구의 꿈인지 알 수 없는 기이한 세계를 흔들고 있다. 굉음에 놀란 옆집 돼지들이 돌담을 부수고 달려와 내가 키운 배추를 마구 밟으며 반대쪽 담으로 달려간다. 우리 집 담이 와르르 무너져 내린다. 옆집 마당에서 양치하던 녹색 군복 여인이 화들짝 놀라 집 안으로 뛰어 들어간다. 권총을 들고나온 그녀가 연거푸 방아쇠를 당기자 총성에 놀란 돼지들이 옆집 담을 무너뜨리고 다시 달려간다. 옆집의 옆집으로 건너간 뚱뚱한 돼지들이 그 집의 텃밭을 짓밟으며 그 옆집 담장을 향해 달려간다. 돼지들의 질주는 좀처럼 끝날 것 같지 않다.

비트

녹색 원피스 여인이 붉은 꽃 가득한 옥상에서 피 묻은 빨래 걷을 때, 어디선가 들리는 총성. 여인은 향나무로 둘러싸인 무덤 쪽으로 고개를 돌린다. 화약 냄새 퍼지는 무덤 옆에서 연두색 풀들이 돋아나고. 무덤 뒤 향나무 숲에서 새들이 운다. 새들은 보이지 않는데 울음소리만 숲을 흔들고 있다. 숲에서 마을로 이어진 길 따라 램프를 든 아이들이 걸어 나온다. 흔들리는 램프 불빛이 어둠을 밀어낸다. 낮도 아니고 밤도 아니고 새벽도 아닌데, 어디선가 다시 총성. 녹색 제복 군인이 지붕 밑으로 떨어진다. 그와 함께 떨어진 군장에서 초록 뱀들이 쏟아져 나온다. 붉은 원피스 여인이 빨래통 들고 옥상에서 지상으로 내려올 때, 어디선가 다시 울리는 총성. 누군가 가슴을 움켜쥐며 쓰러진다. 어디선가 음악이 들려온다. 느리고 무거운 춤곡이다. 누군가 마지막 숨을 쉬는 동안 무덤 옆에서, 붉은 꽃 가득한 옥상에서, 이끼 가득한 우물 뒤 음지에서 긴 잎 늘어진 녹색 풀들 빠르게 자라고 있다.

두 겹의 꿈

눈 떠보니 버스 안이다. 운전사도 승객도 없다. 열린 뒷문으로 내리니 빗방울이 떨어지고 있다. 우산을 받쳐 들고 내리는 비를 가만히 바라보는데 녹색 뱀들이 정류장 골목을 기어 다니고 있다. 비도 오는데, 아스팔트에 웬 뱀들이 이토록 많은지 모를 한낮. 옥상 흔들의자에서 누군가 비 맞으며 흔들흔들 낮잠 자는 한낮. 우산 안에서 담배 한 대 피우고 나니 언제 비 왔냐는 듯 하얀 구름 둥둥 떠다니는 한낮. 노란 햇살 떠다니는 정류장에 나 홀로 서 있는, 조금 몽롱하고 조금 어지러운 한낮. 아무 데나 쓰러져 잠들고 싶은 한낮. 어디선가 녹색 제복 군인들이 뛰어나와 잠든 사람들을 잡아가는 한낮. 흔들의자에서 잠든 사람을 잡아가고 침대에 누워 늦잠 자는 사람을 잡아가는 한낮. 정류장 의자 아래 잠든 녹색 뱀들과 담쟁이 돌담에 잠든 먹구렁이들을 잡아가는 한낮. 잠들면 모두 잡혀가는 한낮. 졸음을 참으며, 붉은 맨드라미 활짝 핀 정류장 옥상으로 올라가니 여덟 살 내 아들이 두 살 아이처럼 기고 있다. 건너편 집에서 붉은 잠옷 입은 여인이 창 닫고 커튼을 친다. 누구의 꿈속인지 알 수 없는 여기서, 그녀는 왜 붉은 잠옷을 입고 있는지. 내 아들은 왜 그녀를 뚫어지게 바라보고 있는지.

이
병
관

• 《한글문학》 등단
• 김해문인협회 회원
• 낙동강문학상, 김해문학상 수상

poem house

흐뭇한 풍경

나도 키가 작은 편인데
고작 키가 내 어깨 밑에 오는 할머니
날마다 손자를 등에 업고서는
뭐가 그리 좋은지
뭐가 그리 신이 나는지
까불까불 손자를 들까불며
재래시장 골목길을 오가고 있다
난전에 채소, 나물 파는 아지매, 할매들
손자가 그리좋나? 추켜주는데
아이와 할매가 방긋거리는 모습
풍진세상에 감동의 그림으로 남을
절대 떼어놓을 수 없는 천생연분이다

까치에게

그렇게 오래
날마다 그렇게 한결같이
반복해서 가르쳐 주었는데도
아직 네 말 한마디도 못 알아들으니
이런 바보 등신이 어디 있을까
미안하다
대문 옆 팽나무 우듬지에
예쁜 살림집 지어놓고
금슬 자랑하며 사는 부부
두툼한 이웃 정 해마다 이어갈 거지?

별 같은 사람

살며 부딪치는 사소한 일들이나
다들 잘 아는 싱거운 뉴스에도
눈을 반짝이며 들어주고
가끔 고개도 끄덕이면서
빙그레 맞장구도 치는가 하면
가만히 마음속에 담아주던 사람
매번은 아니지만
매일은 아니지만
함께 계절을 마중하고 배웅했던
아직도 마음속에서 반짝이는 사람

보고 싶네

소중한 이름

내 고장이든 남의 고장이든 간에
고유성을 살려 호칭하는 게 바람직 한데도
동서남북에다 그냥 읍면 이름을 붙여
행정 동명으로 지칭하는 잘못이 너무 많다
우리가 사는 곳과 인근 시군의 경우만 봐도
동면 북면 남구청 북구청이 예사로운 상황이니
전국을 둘러보면 참 가관이기도 하다
고치기는 이미 글렀으니 이제부터라도
저마다의 특성이 묻어있는 고유명사가 되도록
확고한 방침을 정해 시행하면 어떨까
시작이 반이라 했으니…

신어산

아무리 싱싱한 애인도
이삼 년 보면 신물이 난다는데
이십 년 삼십 년 아니 아니 백 년도 넘게
비킬 생각 없이 떡 버티고 있잖아
그래서 무거운 절 보다는
가벼운 중이 떠나는 게 맞는 일이지만
바깥세상 돌고 돌아 귀향해 보면
그 자리에 꼼짝 안 하고 버티고 있네
그래, 내가 졌다. 그만 포기할게
네 똥고집 당해 낼 자가 어디 있겠는가
비가 오나 눈이 오나 사계절 내내
발밑의 냇물 시원하게 쏟아 흐르게 하고
넓은 고향 들녘까지 껴안고 있으니 고맙네

어처구니없는 세상사

수십 수백 만 명이 살상되는 전쟁
참혹한 역사 속의 인간 악행을 짚어 보면서
안타까운 마음 다독일 수 없었는데
문명의 꽃이 활짝 핀 21세기에 와서도
전쟁 망상에 빠진 원시인 같은 인간 말종 있으니
도대체 어떻게 이해해야 할지 기가 막히는데
한숨과 함께 절로 터져 나오는 말

하느님 어디 계시나요
제발 목줄 채워 지옥에 처박아 주세요.

제일 센 욕

- 코로나19에게

근본도 없는 미친 새끼
지랄 환장하고 자빠졌네
이제 그만 뒈질 때 되었지

• 2011년 《시와사상》 등단
• 시집 「다정하지 않은 하루」 「그림자를 함께 사용했다」
• 김해문인협회 회원
• 김해문협우수작품집상 수상

송
미
선

poem house

오늘의 날씨

미리 써 둔 일기장이 발화점이었어요
예상 밖이라 하겠지만 다락방에서 첫 페이지를 열은 건
사실이죠

실수로 태어났다고 생떼 부리는 첫 장을 찢어버리고 싶
지만
거슬러 흐르는 강물은 본 적이 없거든요
밤이면 명치를 쓸어내렸고
옆 사람의 앓는 소리를 들으며 손뼉을 쳤어요
약지 끝에 단단한 굳은살이 만져지는데
티눈은 아니라네요
거절에는 익숙지 않아 자주 말이 더듬거렸어요
노랗게 질린 입술에서 정수리까지의 거리는 일기장과
상관관계가 없다네요
입속에 눌러둔 말이 많아
분류번호처럼 하나씩 이름을 지어 주었어요

마음 내키는 대로 날씨를 썼어요
칠월 어느 날에 눈사람을 그려 넣었더니
날개가 생기더군요

솟대 끝에 걸려 있는 북두칠성을 머리에 이고

쪽수도 없는 페이지를 넘겼어요

화면조정시간

빨간색만 보면
미간을 구기며 숨이 가빠진다는 말자 씨
독백인지 신음인지
말자 씨만의 방언으로 내장까지 게워낸다
짓무른 속내가 질펀해질 때까지
그치지 않는 기도문은
다음 생에 부르고 싶은 노래의 후렴
언제나 반박자가 늦어
죽음도 지각을 했다는 말자 씨
기도문의 메아리로 레테의 강폭을 가늠한다
개구리밥 같은 붙박이 침대에서 내려오다 움찔
요양병원이 휘청거리다가
겨우 숨을 고른다
빨간색 옷 입은 여자만 보면 사시나무 떨듯 소스라치는
말자 씨
재방송도 없이
그렇게
화면조정시간은 길어진다

타로에 대한 사소한 해석

딱지가 떨어지려는지 새살 차오르는 소리가 멈췄다 종소리가 달아나는 골목으로 맥놀이를 버리고 따라 나선다 타로 카드를 움켜쥐고 바람에 얹혀 지냈던 날들

소문 속으로 숨어 들어가 성냥개비 쌓기를 하며 누가 불러주기를 기다렸다 와르르 무너지는 소리에 박수 소리가 들릴까 봐 카드를 모두 엎어버렸다 귀를 세우고 옆길로 새어버린 종소리를 쫓아 찾아다니다가 사랑니 두 개를 잃어버렸다

오거리 한가운데서 오가도 못한 채 빙빙 돌기만 하던 운동화 한 짝이거나 양 갈래로 묶었던 노란 고무줄이거나 일방적으로 깨져버린 약속이었거나 제 꾀에 속아 넘어간 그림자이거나 주인을 기다리는 빈 의자이거나

종소리가 앉을 의자 하나 비워둔다는 건 사랑의 다른 이름이다

뜻밖의 질서

티셔츠를 고르는 기분으로
어제의 안부를 묻는 일로 하루를 시작합니다
베개는 못 바꿔도 이부자리만은 치레한다는 말도
녹슨 지 오래전
낡은 몸을 끌고 올 나를 위해 아랫목에 무릎담요를 펴둡
니다

예고 없이 스포트라이트를 생략하여 비상등은 징조조차
없고
포개지는 그림자는 흑백사진처럼 묽어집니다
뒤를 생각지 않는 독백이
나를 위한 것인지 너를 위한 것인지
알 수가 없습니다

먼눈으로 손을 흔들지만
배웅하는 방법을 몰라 뒷걸음질로 가닿은 모서리
가슴보다 등으로 맞는 바람이 더 차가워서 돌아섭니다
휘어진 그림자를 견디려고
블라인드를 내립니다
주사위의 확률은 무시하고 내뱉은 내일의 다짐

허공을 두드리는 소리가 밟혀 돌아보고
또 돌아봅니다

입김을 붑니다
창문에 쓴 이름이 휘발되는 건 뜻밖으로 쉬웠습니다

그럼 잠시 쉬어갈게요

모래시계가 신기루를 만드는 동안 개를 따라 가는 빨간
모자가 창틀로 들어오고

누가 다녀갔는지 입김이 서려 있다 등을 쓸어주던 바람
이 리듬을 타며 사막의 목록을 넘긴다 신발을 뚫고 나온
엄지발톱, 뒤덮은 피멍에서 초침이 흘러내린다
그럼 잠시 쉬어 갈까

바깥으로도 안으로도 손을 뻗을 수 없다던 유리조심 경
고문이 빨간 모자를 맴돌고 있다 햇빛을 깊숙이 찔러 넣
기도 하고 일몰을 꺼내 눈시울 훔치기도 한다 달아오른
창은 붉어지지 않는다 태엽을 감고 있는 나를 열거나 당
신을 닫거나

어둠이 프리즘을 통과하는 동안 짧아지는 목줄의 꽁무
니를 뒤쫓는 빨간 모자가 창틀 밖으로 걸어 나가고

메아리치는 벽

부엉이의 눈이 천장을 만들었다 가시나무 울타리만으로는 괜찮지 않았다 '당장 필요한' 것을 위해 하루에도 여러 번 세수를 했다 가시에 찢긴 바람은 얼굴색 하나 바뀌지 않았다 먹어봐야 맛을 알 수 있다는 말이 소맷부리를 잡고 늘어졌다 가시를 떼어낸 곳은 문을 만들었다 입에 발린 말을 뱉을 때마다 나이테가 늘어났다 대답은 언제나 궁색하여 메아리도 지우개도 없어 단답형이었다 희멀건 페이지를 되새김질하며 쓴맛만 모았다 가속도가 붙은 바퀴를 힘껏 밀었다 밤새껏 빨랫줄에 목을 매어 고드름이 주렁주렁한 티셔츠를 체온으로 말렸다 눈이 멀어져 버린 낮이면 젖은 신발을 신고 블라인드를 내렸다

세탁기 돌아가는 소리가 벽을 두드리고 있다

말이 느려졌다

빈 욕조에 들어앉아 눈을 감는다 잘못도 모른 채 용서를 빌던 어제를 배수구로 흘려보내고 쇠바람 소리를 베고 눕는다

커브길 도는 버스 속 발끝에 힘주며 무릎을 조금 구부리는 포즈로 겨울 한가운데 하루쯤은 모깃불 연기 속에 나를 맡기고

선잠에서 깨어 암막커튼 주름 사이로 흘러내리는 유리창살이 오른쪽으로 기울어진다 자고 일어났더니 말이 느려졌다 약도라며 내미는 손바닥 위로 거미줄만큼 촘촘히 얽힌 실금, 운명선도 생명선도 재산선도 고칠 수 없다 꼬르륵 소리에 정신이 확 들었다

자는 동안 당신이 다녀갔는지 남의 호주머니를 슬쩍하는 버릇은 여전했고 함부로 탕진해 텅 비어버린 나는 며칠 전 내놓은 자장면 그릇처럼 문 앞을 지키고 있다

김
미
정

• 2020년 〈시현실〉 등단
• 시산맥 영남시동인회, 김해문인협회 회원

poem house

치명, 또는

장미가 있는 행성

공극

거울 숲에 들면, 다시 말하자면

율마

무심코 바라보는, 정물화

비밀의 숲

치명, 또는

건조한 우리 사이로 텍스트는 폭발하듯 흘러내린다

뒤를 읽어 주세요
여전히 모르는 사건들이 많아요
이젠 당신의 몫이에요

들끓었던 감정들을 가라앉히는 오늘 또는 오늘의
거울을 들키지 않으려고 눈빛을 외면한 채,
같은 암호로 로그인하면
불면에 대한 이야기와 넷플릭스 드라마와 마주하죠

넌 왜 아직도 그러고 있니?

나의 바닥은 여전히 혼자예요

사월에 눈이 내렸다고는 기상을 접했을 때
대답할 의무는 없어
사월과 눈은 어쩌면 오래전부터,
여전히 모르는 계절 사이로
잠시 머물기도 하였지만

피었을 때보다 질 때 더 붉어지는 당신을
오려 붙여 차곡히 쌓아 두기도 하였다
접히지 않는 그리고 아직, 남아있는 뒤쪽으로 해지기를
기다린다

당신이 낡아졌어요

갓 내린 커피 향 그늘 속에서 나를 저울질하며
썩어가는 사월을 지우며
내일은 두려워하지 말자 주문을 건다

그러나 결국, 계절의 터미널은 그런 것을 허용하지 않는
다
소리 없이 모란이 진 것처럼
마침표는 조심스럽고도 거대하다
빛이 흩어지고 있다

장미가 있는 행성

비가 그친 그때,
시들어버린 장미꽃에
이미 스며있는 향기는 아직 시들지 않았다
누군가 조용히 비늘을 말리고 있다

어둠이 등을 미는 그때,
탱자나무 울타리를 지날 때였지
나란히 걷고 있었지
지나가는 줄도 모르고
하필이면 하나를 선택해야만 했을까
옆집 춘자 언니가 찔렸지
검은 고무줄로 칭칭 감아
피도 눈물도 자전거 바퀴도 멈췄지
발은 점점 푸른 탱자가 되어가고
일그러진 얼굴은 스르르 말라버린 하얀 탱자꽃이 되었지
살려달라고
아니, 죽어도 좋다고
제발 종아리를 묶은 고무줄만 풀어 달라고
아우성쳤지
열십자가 열리고

춘자 언니 복숭아뼈에서 검붉은 꽃 한 송이 피어났지

비가 그친 그때,
한 송이의 장미를 다시 만나기 위해 어린 왕자가
나란히 비늘을 말리고 있다

공극

너는 바람을 안고 걸었고
나는 사람을 안고 걸었다

기장 해안 길은 어제보다 낯설었다
바람이 불었고 갯바위 냄새가 밀려왔다

어촌 체험 마을에 들어서기 전
창이 넓은 카페에 들렀다
나란히 앉아 봄빛이 파도치는 바다를 바라보았다
바람이 불었고 어디선가 한 아이가 자전거를 타고 지나
갔다
마르고 있는 미역 냄새가 따라 지나갔다

시시때때로 달라지는 파도의 간극은 알 수 없다
넘어져도 괜찮습니다 카페 문구가 마음에 든다

당신과 나의 거리는 얼마가 적당할까
사랑하다가 한날한시에 같이 묻혀도 간극은 있다

방파제는 어떤 이름을 간직하기 위해

남기고 지우고 철썩거리며 자기 자신을 다듬고 있다
오래 응시한 눈이 당신의 머리카락 사이로 숨어든다

다시 걷기 시작했을 때 바람이 분다
당신 눈썹 수평선이 출렁거리고
마을 어디선가 풍랑주의보 안내 방송이 흘러나왔다

넘어져도 괜찮습니다
그것으로 충분했다

물결은 해안을 다듬기 위해 발을 맞추었다

거울 숲에 들면, 다시 말하자면

무언가 쏟아질 기세다
외면할 수 없는 날이 오면
숲으로 가요

길은 나를 두고 떠나지만
은행나무에 기대었더니 손톱이 서늘하다

기다리고 있어요
샛노래졌어요

몽환의 무대,
보이는 것이 모두 진실은 아니라는 것을 알아버렸다
시드는 꽃, 활활 거리는 억새,
숲에서 숲으로 뿌리까지 물들어,
이유 없이 눈물이 나는 것은
지친 기다림이다

가시를 세우지 않은 고슴도치는
그림자의 표정을 읽어내느라 바쁘고
나무는 손을 뻗어 바람을 뒤집어놓는다

〉
숲 속은 거울,
또는 거울 같은,

서럽지 않을
환한 슬픈 빛의 파도
쏟아지는 폭설이다

율마

겨드랑이에 심었어요

양손으로 쓰다듬어 주면
레몬 향이 번져난대요

보는 사람마다 입을 맞춰요
걱정만 해주면 힘들 텐데

물을 듬뿍 줘야 잘 자란다 했어요
어떤 것은 한 달 만에 시들어버려요

자주 안아주지 못해서일까요
말라가는 등이 휘어요

햇빛 좋고 바람 잘 통하는 것보다
당신이 정말 바라는 것은 무엇일까요
호주머니에 구겨 넣어진 생기로 하루를 버틴 날
귀가 잘린 저녁이 울어요

새로운 잎사귀를 매달아보아요

레몬으로 살아주면 좋겠어요

내 마음이 그러하듯이

무심코 바라보는, 정물화

시간이 허기질 때 창가로 가요
아주 작은 창이 있는 날
초조한 빛이 통과하지 않도록
두통이 사라지지 않은,
자몽한 날은,
가느다란 습관으로 창밖을 바라봐요

흔들리는 먼지 낀 풍경 속에
텅 빈 운동장은 낙타의 사막입니다
각진 교실과 둥근 체육관을 둘러
햇살을 덩그러니 안고 있어요
우르르 학생들이 교문 안으로 들어오지만
마른 겨울 장미는 바람개비 타고 하나둘 빠져나가 버리
고
오늘도 운동장은 혼자입니다

그때는, 먼지 자욱한 신작로를 걸어서 운동장에 들어서
면, 줄넘기 공기놀이에 철봉은 시소를 타고, 돼지 불알을
그리고, 오징어를 그려서 땅이 꺼질 듯 뛰어놀았죠,
흙먼지와 함께,

〉
하얀빛으로 오염 가득한 세상에 켜켜이 쌓인
우울한 먼지를 털어냅니다
나는 왜 진실로 나를 볼 수 없고
휘날리는 깃발의 목소리를 제대로 들을 수 없을까요
아침마다 하루만큼 더 미워진 얼굴을 씻고 또 씻어내듯이
무엇인지 불안한 날은 손때 묻은 것을 찾아 자꾸 닦게
됩니다
                    .

긴 방학이 끝나면
꽃샘바람과 황사를 견디어
정지된 그곳에도 만국기가 왁자지껄 펄럭일 테죠
여중생들의 발뒤꿈치에서 흙먼지가 폴폴 피어나는 운동
장에
헝클어져,
기세 떨치는 날이
저기 오네요

비밀의 숲

　그 숲에 가면 기대가 앞선다비밀 속 환희를 생각하며 찾아간 그곳입구에서부터 맞이하는 안녕의 조각들모여 수많은 동그라미가 생겨났다하늘이 담긴 연못피어나는 별을 모아 둥근 하늘 되었다쏟아진 것을 도로 담을 수 없어 꺾어진 꽃을 주워 담는다다시 살아나기를 꼭 바라는 것은 아니지만새로 돋아날 것이다태초부터 하늘은 있었겠지넌 별이 될래? 꽃이 될래?별이 깔리는 골목의 끝에서숲속의 바다는 울창하다물빛이 그렁그렁 떨어질 때마다꽃잎 대신 얼굴을 어루만진다그때마다 당신의 눈빛은 바다보다 더 푸른 꽃 빛이 된다변하지 않을 것 같은 별들이누군가의 눈망울로 흘러내려 바다를 이루었다낯설고 좁은 통로를 발끝으로 더듬어

　돌아 나오면

　몰래 다녀간 것을 알까비밀이 더는 비밀이 될 수 없는 만화방초기대는 구석진 골목처럼 어긋나 있다

장 정 희

• 2011년 전북일보 신춘문예 시 당선
• 시집 『불기소처분』
• 김해문인협회 회원, 경남문인협회 회원
• 김해문협우수작품집상 수상

poem house

금붕어

아직은 아니야, 좀 보채지 마
눈만 부릅뜨고 뭐 할 건데

금붕어 같은 당신
마이동풍으로
최적화된 물의 온도만 따지니

갑갑하면 아가미라도 벌려봐
어지럽단 말로 비늘만 긁지 말고
지느러미 흔들어
낙서라도 해보라고

당신의 세계에 경험이 없는
우리는 늘 이해가 부족해

이제 먹이도 동나고
실수로 파문이 이는 문지방은
배설물이 넘치고 있어
아, 꿈이었으면 좋겠는데

서로 다른 견해로 부러진 발목
목발을 짚고 있는 우리는
당신 품이 필요해

제발 부탁인데
내팽개쳐둔 지느러미 꺼내 봐
당신, 할 수 있잖아

미조 해변에서

  – 죽마고우, 그리고 축제

검게 혹은 밝게

밤하늘에 빛나는 두 개의 표정

만취한 우리들의 표정에서 꽃무늬를 읽는 밤

넘어져도 상처 하나 생기지 않는

모래사장이 축제장 같다

숯불 위 장어는 망망대해의 비밀을

꼬리에 말아쥔 채 일찍 잠이 들었다

캄캄한 밤을 스카프처럼 두르고 앉아

물마루를 바라보고 있을 때

당신의 기타연주는 무장해제를 선언했다

한배를 타고 바다를 항해하던 우리는

별이 쏟아지는 해변으로 가요를 부르며

청춘의 끝자락에 매달려 있었다

허공의 비행기 괴성이 내일 또 우리가

뱉어낼 아우성일지 모를 일이지만

고깃배가 흘리고 간 불빛을

폭죽이라 쓰고 싶은 새벽녘이었다

삶이란 뱃멀미와 같아서

출렁임을 묵묵히 견뎌야 한다고

저 건너편에 닿기 위해

폐부 깊숙이 스며든 짠내는 덤이라고
파도가 달의 손을 빌려
구름을 밀어주는 순항의 여름이었다

워킹맘

개의치 마세요, 자주 그런 일이 있으니까요

며칠 롤러코스터를 탈 예정이라 고슴도치는 집에 두고
가야 해요

창밖은 꽃 천지인데 나의 며칠은 또 철로 같이 긴 우울로
어지럽겠죠

아무것도 모르고 잠든 고슴도치가 가엾지만 이제 가방을
싸야겠어요

나를 파종한 그녀는 새벽부터 호미질에 손이 짓물렀어요

고슴도치는 꿈속에서나마 엄마의 품에 안겨 회전목마를
타고 있었으면 좋겠네요

엄마, 몇 밤 자고 와? 고슴도치의 말이 커서처럼 머릿속
에서 깜빡거려요

워킹맘의 출장이란 슈트와 같은 것이라 불편하죠

커리어를 쌓는 동안 캐리어 가방은 경주마가 되어 있더군요

난코스는 많은데 앞만 보고 달리라니 미리 발바닥에 붕대라도 감을 밖에요

엄마의 부재를 일찍 터득해버린 고슴도치의 취미는 하늘 보기랍니다

해가 어서 떨어지길 바란다는 거겠죠

밥 짓는 일보다 가방 싸는 일에 더 익숙해진 손을 고슴도치가 잡아줄 때면 울컥합니다

고슴도치는 어디서 듣고 왔는지 며칠 전부터 소풍을 가자고 조르네요

얼른 저 기차를 타야 해요

고슴도치가 또 제 가슴에 반창고를 붙이게 할 순 없잖아요

폭염

– 농담

난 그대 쪽으로 걸어갈 테니
그대는 내가 있는 쪽으로 뛰어와 보소
와서, 눈 마주치면 서로 모른 척
지나치는 게 좋을 듯하오만!
하하, 이만하면 눈치 없는 이는
제야의 종이 울릴 때까지
기다리고 있겠다 싶기도 한데…
기와지붕이 녹아내릴 것 같은 한낮
그대가 편의점처럼 들른다는 거리에는
비둘기 떼가 땡볕을 쪼아 먹느라 한창이오
갈증이 목을 짓누르는 오늘 같은 날
산천초목을 걷어 이불로 덮으며
시의 문장들이 잉태될 것도 같은데,
나의 시는 딴 살림을 차렸는지
꽈배기처럼 꼬이기만 해서 이미 걸렀소
나를 팔아 시 쓰는데 보태겠다던 그대는 지금
시가 폭죽처럼 터지고 있는가요?
궁금해서 뛰어갔더니
눈치는 어디 팔아먹었냐고 너스레를 떤다
그대가 미리 봉지를 뜯어주어도

시 한 줄 건지지 못한 오늘
나에겐 기록적인 불볕더위였다오

검정이 될 때까지

모든 다이얼은 y에게
맞춰져 있다고 쓴다

그런데 y는 읽지 못한다
아니, 읽지 않는 것인지

바람을 타고
벌처럼 어딜 쏘다니는지
y는 감감무소식

햇살에 낚여도 좋을 날
y의 안부가 궁금해진 당신
목구멍으로 까마귀가
까치가 들락거리고

나비가 태양을 품고 와
접시꽃 피울 동안 당신의
기다림은 키만 키우고 있다

커피는 식은 지 오래

당신이 붉게 마음을 앓는 동안
y는 눈을 감고
무관심을 즐기는지도 모를 일

오늘 당신의 잘못은
눈치도 없이 y에게 쏟아낸 말들
차라리 백지로 보냈다면
물음표라도 왔을 텐데

기다림이란
까맣게 가슴을 태우는 일
그럼에도 불구하고
당신은 쓰고 또 쓰고 있다

삼계동 시편 3

　　- 화정花亭마을의 봄

화정도서관에서 누대의 사람이 흘린 말을 주워듣는 사월

화정, 꽃이 많고 정자亭子가 많아 불린 이름이라고

그 전설 같은 마을, 벚나무가 제 살을 찢어 꽃으로 화답
하고 있다

봄의 명목이 아름드리로 커 가고 있는 화정은 명소다

와글거리는 햇살이 책장을 넘길 때 역류하는 추억은 몽
글몽글

분홍의 시간, 삼계동의 가려운 곳 긁어주고 있다

벚꽃을 핑계 삼아 어제 곧추세웠던 허리의 긴장을 풀어
보는 한낮

삼삼오오 꽃그늘 아래 찰칵, 마음이라는 주머니에 오늘
을 담고 있는 몸짓들

지금 화정마을은 꽃방석이다

응, 이라는 말

갓 구워낸 붕어빵처럼
뜨거운 대답이었다

나는 너에게
너는 나에게
온전히 수긍하기에

뒤집고 흔들어도
너와 나 사이
단단한 버팀목이 있어서
동글동글 웃고 있다는 말

붉은 팥처럼
통통 튀는
세상에서 가장 짧은
긍정의 대답

포
엠
하
우
스

20
집

개
화
의
 조
건

양
민
주

• 2015년 《문학청춘》 등단
• 시집 『아버지의 늪』 「산감나무」
• 수필집 『아버지의 구두』 「나뭇잎 칼」
• 원종린수필문학작품상, 경남문인협회우수작품집상 수상

poem house

보리가 팰 무렵

상여가 춤춘다
그저께 화순이 어머니 저승으로 가시고
어제는 종무의 아버지 땅보탬 되시고
오늘은 또 누가 돌아가실까
고갯마루에 서서 하늘을 쳐다본다
아버지는 앓아 방에 누워계시고
가까이서 들려오는 꿩 울음소리
상엿집 토담 밑에도 민들레는 자라
노란 꽃이 핀다

하늘말나리

홀아버지 부양하는
산처녀
키 크고 굳세다
바람에
실려 오는 향기가 좋아서
사내를
사랑하는 것이냐?
물으니
얼굴 붉히며
자줏빛 여드름 드러낸다

풍장

지금도 마을회관 앞 깃대에는
새마을 깃발이 펄럭인다
바람에 반쯤 닳아
펄럭이고 있다

뿔

선량한 시민이 주차장에서 앞을 가로막고 있는 차를 빼
달라고 차주에게 요청했다가 아이들이 보는 앞에서 차주
의 뿔에 들이 받히는 일이 발생했다 생명에 치명상을 주
는 다이아몬드 뿔이라고 했다 나에겐 뿔이 없다

갑년

화선지에 먹으로 소를 그린다
밭 갈며 더운 김 뿜어내는 소
써레질로 흙탕물 뒤집어쓴 소
짐바리로 헐떡이던 소
힘들어도 뿔질 안 하던
소를 그린다
젖을 만져도
무슨 일이냐는 듯 눈만 껌뻑이던
팔려 가던 송아지에 눈물 흘리던
소를 그린다
흰머리가 된 축생의 내가
소를 그린다

이순

　크리스마스이브에 첫 출근 했다 나는 축복하였다 스물
여덟의 환경은 낯설었다 괘종시계의 추처럼 집에서 직장
으로 직장에서 집으로 따뜻한 밥을 벌기 위해 흔들렸다
기쁘게 슬프게 흔들렸다 크리스마스에 마지막 퇴근을 했
다 나는 축복하였다

민주와 화왕산

화왕산 억새는
민주를 부른다
일제히 한쪽으로 눕고
한쪽으로 일어선다
누웠다가 일어서는
무섭도록 일사불란한 힘
바람도 어쩌지 못해
억새가 눕는 방향으로 분다
가을 햇살 받으며
민주는 고향으로 간다

김
미
회

• 《문학 21》 등단
• 김해문인협회 회원

poem house

해바라기 정원에서

얼마나 오래전부터 너희는 서로
바라보기 시작한 것인가

시시하게 곁눈질하지 않고
온 눈빛
온 심장을 머리에 인
목덜미를 본다

바라보는 눈동자를 보려고
나는 해를 등진다
그늘을 던지며
알량한 폰 카메라를 들이댄다

줄을 세워 심어도
꽃은 키를 맞추어 피지 않는다
시시각각의 표정이다
단 한 순간도 같지 않으므로
꽃이다

가장 발걸음이 무거운 생명은

식물이라고 말한 사람은
씨앗을 받고
모종을 돌보고
덩이뿌리를 옮겨본 적 있을 것이다

들판 가득한 해바라기의
심장이
더 새까맣게 졸아들도록
내 그림자를 치워야겠다.

유리병

나는 몸통뿐이다

우리를 가지런히 줄 세우는

당신의 손바닥이 미끄러워 나는 긴장 한다

나는 미끈한 피부를 갖고 있다

새는 공중을 읽고 나는 바닥을 읽는다

이 집에는 절벽이 산다 산산조각이 아무 데서나 기다리
고 있다

나는 말랑한 것들을 품은 껍질이다

달아나려는 당신의 물기를 붙잡고 있다

단 하나의 문을 가졌지만 내가 열 수는 없다

열쇠는 누군가가 쥐고 있다

당신의 이마를 밟고 가는 두통과

삐걱대는 근육통은

단번에 깰 수 있는 병이다

나는 숨지 않았는데 당신이 어디에 있지? 한다

선반에서 숨을 참고 있다

늦가을 작은 콩알들이 구르고 싶어 해서 문이 열렸다

까맣고 윤나는 수런거림과 겨울밤을 건넜다

나의 첫 마음은 허공 한 줌이다

너무 쉽게 속을 내주는 것이 나의 장점이고 단점이다

나의 한 줌을 밀어내고 도착한
당신의 손길이 바깥을 본다.

갯벌에서

갯벌에 발자국이 수두룩하다
이 흙탕을 누르고 간
무게들의
다음 바닥은 어디였을까

바닥이 멀다
키 보다 깊을지도 모른다
찍고 또 옮겨 찍은 뒤꿈치들이
우왕좌왕 하고있다

조개들이 숨구멍 하나씩을 열고
진흙 속에 잠들어 있다
이 캄캄한 갯벌에도
저렇게 숨이 많으니 다행이야
진흙을 당겨 덮으며
하얀 속살들이 뒤척인다

달이 움켜쥐었던
물의 실타래를 풀고 있다
움푹한 무게들이

쓰고 짠 한 모금을 마시고 있다

갯벌의 등짝에
물동이를 쏟아 붓는다
갯벌에 남은 무게들이
무게를 지운다.

당신의 커튼

커튼을 여니 다시 하얀 커튼입니다
이곳은 상습 안개 구역입니다
색과 사물 사이
숫자와 의미 사이의 경계가 보이지 않습니다
멀고 가까움이 사라졌습니다

당신이 한 걸음씩 안개 쪽으로 가던
병상은 커튼이 없었어요

무채색 입자들이 샛강처럼 흘러 와
기억의 커튼을 걷습니다

밤낮없이 형광등이 켜진 그곳에서
기저귀를 갈 때
당신은 눈을 질끈 감았어요.

그러나 우리의 날들이 슬픔뿐이었을까요?

염려 마세요, 어머니,
물의 미립자가 나비처럼 모여

뿌연 날개로 내 눈을 가려주었어요
마치 오늘처럼요

손끝으로 허공의 점자를 읽습니다
둥글고 깊은 울림입니다
힘을 다해도 부서지지 않던 안개의 힘이
손가락 하나 까딱하지 않아도
무너지는 오전입니다.

증산역 근처

당신이 내리고 타던
역 광장에는
구름이 난전을 펼치고 있습니다
풍경을 펼치고 쓸어 담는
환절기의 천막이 펄럭댑니다
나는 점묘화 한 장 보고 있습니다
낯익은 옷자락 언뜻 보입니다
엊그제의 엊그제 또 엊그제의
당신의 안녕을 봅니다
채송화 잎처럼 짧은 팔순의 보폭입니다
말(言語)은 시간의 그물을 흔들다가
강기슭에 퇴적으로 남을 것입니다
저만치 강이 있습니다
당신은
울고 웃으며 피고 진
도시철도 2호선 노을의 주인입니다
오늘도 산다화 무리입니다
눈을 지그시 감은 강이
수첩과 볼펜을 꺼내고 있습니다.

찻물이 끓을 동안

우전이며 세작이라는
이름들이 다녀가고
먼 윈난성이며 지리산 골짜기가
기웃거린다
찻잎이 품은 쓰고 단 기품을
부를 차례다
나이테가 물결치는 두툼한 다탁이
눈처럼 흰 다포를 쓸 때
느릿한 오후가
달고 앙증맞은 다식을 차릴 때
항아리 속에서 사나흘 숨죽은
찻물이 데워질 때
희고 가느다란 그녀의 손끝이
백자 찻잔을 헹굴 때
파랗게 떨고 있던 물이
새 물을 입을 동안
나는 우두커니가 된다.

가을 연못

어라, 물에도 단풍이 드네
소리가 곁을 지나가자
그는 귀가 되었다
귓불을 오므렸다 활짝 열며
번지는 소리를
저쪽 물가까지 건네고 돌아왔다

새벽이 달개비꽃빛 나비가 되어
갈증을 업고 왔다
연못은 푸른 거울을 펼쳤다
색깔이 없어서
모든 색이 될 수 있었다
모든 사물이 될 수 있었다

어린 도토리 속
몇 방울 떫음이 흘러들었다
늦게 핀 창포가
노란 물주름에 접히고 있었다
어린 길고양이의 추깃물이
민물새우의 숨소리에

스미고 있었다

어제의 이름들은 그만 잊으라며
가랑잎 파문이 웃고 있었다.

포 엠 하 우 스 20 집

개 화 의 조 건

이
복
희

• 김해문인협회 회원
• 김해영운고등학교 근무

poem house

괜찮아

네 삶은
네가 살아가는 것이니
온통 네 것이니
너 자신만으로도 충분해

너답게 나에게 오시라
너니까 그래도 괜찮아

공감

아무 말도 하지 않았는데

어!
으흠!
그랬구나!

"마음을 알아줘서 고마워!"
넌 나에게 말했다

마음껏 쓰자

오늘이 마지막일 수 있다
그래야 아낌없이 살아온 과거를
그래야 후회스러웠던 과거를
지킬 수 있을 것 같다

지금 여기서,
최선을 다해보는 거지 뭐
그대를 만나기 위해
아낌없이 무엇을 했는지
내게 부끄럽지 않은 오늘이었기를,

마음껏 내 마음을 쓰자

「이 순간을 놓치지마」*

몸이 근질근질하다
돋보기 들고 전시장으로
뛰어가고 싶어 환장을 한다

그 문장들을 반복해서 읽는다
그 문장들을 소리쳐보기도 한다

다시 역마살을 불사르고 싶은 욕구
억누르느라 무척 힘들다

* 「이 순간을 놓치지마」 저자 이종수, 출판 학고재

착각, 그리고 현실

좋아하는,
사랑하는,
집착하고 싶은,
그러한 감정들은 유한했다
자타에 의한 상실,
배타에 대한 허무,

차라리 한 사람을 정하기로 했다
그는 그렇게 해줄 것 같았다
사람 만나 감정소비 후
허공을 바라보지 않아도 되는
결혼을 선택했다

'세상 모든 남자는 다 그래도 이 남자는 아니겠지'
착각 그리고 망상

사람 만나는 걸 다시 시작했다
술을 겸한 해학
나를 살아가게 해줬던 힘이다

내 편이 아닌 남 편

이혼을 준비했다
친정에서 시간을 보내면서
어릴 때 꿨던 악몽에 다시 시달렸다

화해를 했다
남편 집에서 시간을 보내면서
희한하게 악몽은 멈췄다

같이 살아야 하는
분명,
내 편이 아닌 남 편

전쟁

너와의 전쟁
맞잡은 손엔
식은땀, 뜨거운 땀이 났지만
손을 놓을 수 없었다
다시 잡을 손이 있을지 겁이 났다
나를 잡아줄 다른 손,
어느 순간
종이 한 장 사이에 앉아
서로 칼을 갈기도 했다

나와의 전쟁
내가 나를 받아 들이지 않으면
내가 나를 용서하고 이해하지 않으면
타인을 받아들이지 못하기에

나를 용서하고 받고
너를 용서하고 받고

최 병 철

• 2017년 경남신문 신춘문예 시 부문 당선
• 김해문인협회 회원

poem house

개화의 조건

봄

꽃을 한 대 피워 물고 씨름을 한다 소를 건 내기 한판이
지만 자동차를 건 내기인 줄 착각하기 좋은 구도다 우리
가 20세기를 다 뜯어먹어 갈 때 이미 소들은 차도로 뛰어
들어 난폭하게 자동차를 들이박기 시작했다 훈수를 두는
자가 세상을 지탱하는 법이라 말한다 그들이 개발한 신무
기는 소뿔을 이용한 밀어붙이기 한판

여름

우방이란 참 편리한 발상이다 의리로 하는 쇼이거나 과
음이 가져온 지독한 숙취다 여름이 뿔났다 담배는 개화되
고 꽃들은 흡연에 노출된다 연기의 긴 꼬리에 우리는 의
문을 매단다 어떤 우방을 떠올릴 때 필터는 입술에 선택
적으로 작용하여 아우성을 걸러낸다 입맛이 일장을 지배
하는 그림 위에 무얼 그려 넣어야 할지 고민이다

가을

기온이 내려가기 시작하면 더 조급해진다 과연 우리가
꽃을 피워 낼 수 있을까 줄어드는 일조량에 조산하거나
기형아 출산을 염려한다 신흥종교가 생겨나고 교주는 모

든 신도들에게 소를 따를 것을 강요한다 힌두교를 설파하
는 것으로 오해하지는 않는다

　겨울
　의지한 대가는 지나치게 급소를 노출하게 되고 체온은
급격하게 내려간다 우방이란 이름의 겨울은 감기를 장전
하고 조준한 채로 다가온다 여기 저기 모닥불을 피우는
것은 여름에 대한 향수며 꽃에 대한 집착이다 화상이 아
문 딱지 속에도 씨앗들은 늘 숨어있다

무계리 김씨

인력시장 들머리 녹원인력에는 50년째 직진 중이라는 웃음을 탑재한 만만해씨가 휴일도 없이 출근하는데요 고혈압이라도 있는지 간을 하지 않고 세상을 살아요 늘 싱거운 그는 단 것을 좋아하는데요 호주머니 한가득 사탕이 들어있어요 사탕을 먹고 난 후 들어간 달콤함을 입으로 풀어내는데요 당뇨를 걱정해야 할 판이랍니다 싱거운 것은 고춧가루에 무시당하기 십상인데요 그의 일상은 저염 농담으로 시작해서 맹물철학으로 끝난답니다

아르바이트하러 온 복학생 박군이 아재 개그 지겹다며 그렇게 핀잔을 줘도 눈치는 애완견 복실이에게 간식으로 주고 왔는지 만만해씨의 웃음은 점퍼 안주머니며 바지 호주머니며 가방이며 가리지 않고 시도 때도 없이 나오는데요 이혼한 마누라가 키우고 있는 자식들 등록금을 주고 나면 웃음이 싫다고 김씨를 버릴 것도 같은데 그래도 둘은 꼭 붙어 있는데요 방에 불이 꺼지면 웃음이 가장 먼저 잠이 들고요. 강둑보다 낮은 방안에는 습도가 높아지기 시작하다가 물소리가 흘러나오는데요 옆에서 꼬리를 흔들고 있는 복실이 소리는 아닌 것 같아요

외투 말고 속옷

내 눈물에는 적당하게 간이 되어있었지만 내 입맛을 만
족시켜주지는 못했다 나는 눈물에 다시다를 넣고부터 입
맛을 되찾았다 가을은 만두 외피처럼 다가왔다 나는 당면
처럼 불어 터지지 않으려고 수분을 줄여야 했다 만두가
익어가는 동안 약속된 시간은 나의 주름을 펴주지는 못했
다 가을이 울울해지고 겨울이 날카로운 바람을 숨기고 있
다는 것을 알지만 모른 체하기로 한다 오늘은 보일러 온
도를 높이고 봄을 끌어안고 자기로 한다 수만 년 전인 양
공룡이 나타나 나의 전생을 인도한다 공룡의 발톱을 손질
하고 있는 전생을 복사하여 한글 빈 문서에 붙이기 한다
그리고 장롱 깊숙이 묻어 둔 웃음을 꺼내 입는다

계좌이체

  – 김언희 풍으로

가랑이가 입을 쩌–억 벌리고 있다

밀어 넣어야지

당연하지만 망설이다 한 방 쏜다.

시원하다

완월동 쇼윈도 문을 열어 두개골을 가른다

여물통의 건초들이 아랫도리에 길을 낸다

이제 남은 잔액은 아쉬움뿐인데

자꾸만 배가 고프다

벗겨 놓으면 다 똑같은 여자들이라고 하지

돈이나 똥이나 통장이나 거시기나

언니 뭐해 얼른 벗어봐

어제도 한 번 했네, 했어.

통장에 지출내역 다 나와 있는데 숨기기는 왜 숨겨

잔액 봐 언니, 없잖아

언니는 몸이 재산인데

노후 준비나 좀 해라

오빠 뭘 봐 돈도 없는 게

개처럼 끙끙거리지 말고

가서 분 냄새나 맡아

먹고살자고 한 번 주는 년이나

한번 하려고 쌔 빠지게 일하는 놈이나

다 전생에 개라지

그래서 개고기를 먹지 마라는데

정력에 좋다고 피부미용에 좋다고 죽기 살기로 먹지

조타고 좃타고 .....?

아님 말고

잔고 없는 통장은 언제부터인가

개밥그릇 옆에 있는 개집이라는 생각

개집 개집 계집

언젠가 시집와서 삼 개월 만에 집 나간 새댁을 부르던 말

그 계집은 남자 냄새를 기가 차게 잘 맡는다고 했지

에이 씨팔 오늘은 그냥 냄새나 한번 맡고

자야겠다

통장은 노팬티로 지내는 게 오히려 속 편해

낭심이 슬슬 기기 시작한다

못 갖춘마디

한 번도 본 적 없는 리듬이 오고 있어
잘못 태어났거나 조산이었지
인큐베이터 안에서 저음의 긴 명줄을 이어가고 있었어

가로수가 바람을 퍼 나르고 바람이 음악을 퍼 나르고 음악이 저녁을 퍼 나르고 어둠으로 만든 침대에 누워 이빨을 두드리는 소리를 받아 적고 눈을 감는다 눈을 감는 이유는 안 보이는 것을 보기 위해서이거나 안 들리는 것을 듣기 위해서라지 어둠은 보이는 것을 덮으려는 것이 아니라 안 보이는 것을 살펴보기 위해서이거나 숨어있는 것을 끄집어내기 위해서라지

어둠에 반사된 어둠의 그림자는 어둠을 산란하고
부화한 어둠이 또 어둠을 산란하고
어둠과 어둠 사이에서 태어난 노래는 찔끔찔끔 어둠을
흘리고
어둠과 빛 사이에는 세월이 끼여 몸을 비틀고
그리고 흐림 그리고 저녁 그리고 가을 그리고 노래는 고
음에서 내려오고

숨겨진 출생의 비밀을 내 노래는 마지막 마디에

채우기로 한다

서리

검은 뒤통수 위에 하얗게 피는 꽃들을 보았다

서로 다리가 엉키면서 불이 났다
입술이 내면을 송두리째 삼키자
휘파람소리가 들렸다

바람은 불의 정부

바람이 없다면 벽도 없을까
마음에도 벽이 있다면 바람을 맞아본 사람

불에 탄 검은 지붕 위로
질러버린 사랑이 재만 남았을 때
누군가 하얀 위로를 덮어준다면

바람은 바람의 공범

아바타

　동사무소 텃밭에서 싹을 틔웠어요. 붉은 립스틱을 바르고 나를 대신하기로 했지요. 넙죽 절하고 뽀뽀해주고 싶어 미칠 지경이예요. 모자 쓰고 내 머리 위에 있기를 좋아해요. 그러나 여태껏 쭉 내 발바닥을 대신해 걸어왔지요. 세배 다닐 때 아버지와 친척 어른들은 게놈지도를 보여주시곤 했는데요. DNA 염기서열을 자세히 들여다보면 물구나무를 선 돌림자가 선명하게 보였어요. 초등학교 입학할 때 아버지는 뿔로 된 아바타를 선물했지요. 그 속에는 짐승과 구분되는 표식이 있었고요. 그곳에서만 살라며 울타리까지 만들어 두었지요. 훗날 뛰쳐 나와 나를 들이받은 적도 있긴 하지만요.